Pourquoi des enfants ne partent-ils pas pour les vacances ?
pages **12-13**

Comment choisit-on ses lieux de vacances ?
pages **14-15**

...nos parents ne sont-ils pas toujours avec nous ?
pages **16-17**

Y a-t-il des gens qui travaillent pendant les vacances ?
pages **22-23**

Comment part-on en vacances ?
pages **24-25**

Comment seraient les vacances si tu habitais ailleurs ?
pages **32-33**

Pourquoi fait-on plus de photos en vacances ?
pages **34-35**

Est-ce qu'en vacances, on oublie tout ce qu'on a appris ?
pages **36-37**

Suivi éditorial : Nathalie Reyss
Correction : Karine Forest
Conception graphique : Emma Rigaudeau
Mise en pages : Graphicat

www.editionsmilan.com

ISBN : 978-2-7459-6519-6 – Dépôt légal : mai 2014 – Imprimé en Espagne par Egedsa.

les vacances

Textes d'**Audrey Guiller**
Illustrations d'**Oriol Vidal**

MiLAN

Pourquoi aime-t-on les vacances ❓

Plus besoin de te lever tôt le matin, de te presser pour aller à l'école ou au cours de piano. En vacances, tu as du temps libre pour voir tes copains, faire du sport et des activités que tu aimes.

Pendant les vacances, Ninon va à la patinoire avec sa cousine qu'elle ne voit pas souvent. Elle aime faire des choses dont elle n'a **pas l'habitude**.

Tu prépares ton petit déjeuner en **prenant ton temps**. Tu peux regarder des dessins animés, lire. En vacances, tu ne te dépêches pas.

Ton cahier de devoirs reste dans ton cartable. Tu joues et tu dors plus que d'habitude. Ainsi, ton corps et ton cerveau se détendent et se **reposent** profondément.

Est-ce qu'on s'ennuie en vacances ❔

Parfois, sans copains, tu ne sais pas quoi faire, tu t'ennuies. Pourtant, tu peux trouver une occupation : jouer seul, rêver et créer de nouvelles choses. En plus, faire travailler son imagination, ça fait grandir.

7

Pourquoi y a-t-il des vacances scolaires ?

Certains jours de l'année, ton école est fermée. En France, tous les enfants ont 2 semaines de vacances à la Toussaint, 2 à Noël, 2 en hiver, 2 au printemps et 8 en été.

Les vacances d'été ont été inventées pour que les enfants des paysans puissent aider leurs parents aux **travaux des champs.** Ils moissonnaient le blé et récoltaient les fruits, sans avoir beaucoup de temps pour jouer.

Depuis très longtemps, il n'y a pas école à la Toussaint et à **Noël**, car ce sont des fêtes religieuses importantes. Beaucoup de familles aiment se retrouver pour les célébrer.

Gustave habite à Rennes. Ses vacances d'hiver et de printemps ne tombent jamais en même temps que celles de son cousin Milo, qui vit à Bordeaux. Les **dates** changent selon les régions.

Le mercredi, le samedi et le dimanche ne sont pas des vacances. Ce sont des **pauses** dans la semaine : aller à l'école tous les jours serait trop fatigant. Tu en profites pour te détendre en pratiquant des activités, comme jouer dans un club de foot.

Est-ce que tout le monde a droit à des vacances ?

Les adultes aussi ont des jours de vacances, mais environ trois fois moins que les enfants. Ils s'arrêtent de travailler plus ou moins longtemps selon leur métier.

MADELEINE O 413 BR-1

Les parents de Sybille gagnent un **salaire**, une somme d'argent que leur verse leur patron chaque mois. Ils sont aussi payés durant leurs congés, en général 5 ou 6 semaines par an.

La maman de Paul est au **chômage**. Les 5 semaines de vacances qu'elle a le droit de prendre dans l'année lui font du bien, car chercher du travail est fatigant et stressant.

Les parents de Nasser sont restaurateurs : ils n'ont **pas de patron** et décident eux-mêmes de leurs jours de congé. Mais comme ils ne sont pas salariés, ils ne sont pas payés pendant ce temps-là. C'est pour cela qu'ils prennent peu de vacances.

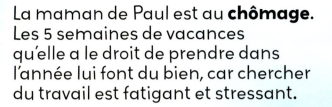

Où a-t-on le plus de vacances ❓

Les Français et les autres Européens sont chanceux. Ce sont eux qui ont le plus de vacances (entre 20 et 30 jours). Les Japonais et les Américains en ont presque trois fois moins.

Pourquoi des enfants ne partent-ils pas pour les vacances ?

Certaines familles passent leurs vacances chez elles, car partir coûte cher. Par exemple, pour aller skier, il faut payer le train pour la montagne, l'appartement, la location des skis…

Pour te sentir en vacances, **pas besoin d'aller loin.** Il suffit d'un après-midi de jeux de société avec tes copains ou d'une grande balade en vélo pour bien t'amuser.

À Noël, Charlotte a **invité** sa copine qui a déménagé dans la ville voisine. Elle a eu enfin le temps de jouer avec ses nouveaux rollers.

Christian est éleveur. Comme il ne peut pas laisser ses chevaux et leurs poulains seuls, sa famille ne part pas en vacances. Mais ses fils en **profitent** pour monter à poney.

Pendant que ses parents travaillent, Ewen va au **centre de loisirs**. Il prend le bus avec les autres enfants pour faire des sorties. Sa préférée : aller à l'aquarium.

Comment choisit-on ses lieux de vacances ?

Il y a des lieux de vacances pour tous les goûts et pour tous les porte-monnaie : à la campagne, au bord de la mer, à la montagne, et même à l'étranger. Où qu'on aille, on change nos habitudes et ça fait beaucoup de bien !

La famille de Zoé aime beaucoup la **montagne**. L'hiver, pour faire du ski bien sûr. L'été, elle en profite pour faire des randonnées à la recherche des marmottes, pique-niquer au bord d'un lac ou encore faire de l'escalade et du parapente !

La destination préférée des vacanciers, c'est la **mer**. Ils séjournent souvent dans des stations touristiques. L'été, ces petites villes sont bondées et très animées, mais l'hiver, elles sont presque vides.

Aux vacances de la Toussaint, Pablo quitte son grand immeuble pour passer quelques jours chez son oncle, qui habite à la **campagne.** Il ramasse des champignons, construit des cabanes et fait de grandes balades.

James est parti à Vienne, en Autriche, pour visiter le marché de Noël. **Là-bas**, il a fait le tour de la ville en calèche et a eu le droit de se coucher tard pour voir la ville illuminée.

Pourquoi nos parents ne sont-ils pas toujours avec nous ?

Les parents ont moins de vacances que les enfants. Lorsqu'ils ne sont pas avec toi, ils te confient au centre de loisirs ou à des proches. Et quand tu les retrouves, tu as plein de choses à leur raconter !

Au centre de loisirs, tu as le ventre serré de **quitter** papa et maman. C'est normal d'être inquiet au début, mais ce serait dommage de ne pas profiter des activités. Ne te laisse pas envahir par la tristesse.

Pour que Tom voie ses deux **parents divorcés** l'été, il passe un mois avec chacun. Quand il est avec son papa, sa maman lui manque un peu. Mais dans son cœur, il est rassuré : il sait qu'elle pense fort à lui.

En vacances, **le papi et la mamie** de Lila et de ses frères ont toujours le temps de jouer et de rigoler. Ils leur font goûter de nouveaux desserts et sont toujours d'accord pour un câlin.

Tes **parents** ont aussi le droit de vivre de bons moments sans toi, en exerçant le travail qu'ils aiment et en passant du temps en amoureux.

Comment se passent les vacances en colonie ?

Ta valise est prête pour partir quelques jours en « colo ».
Au revoir papa maman et vive l'aventure ! Avec d'autres
enfants, tu sautes dans le bus qui vous amène au centre
de vacances. Les animateurs sont là pour vous accueillir
et tout organiser.

Au début, tu as peur
de te retrouver **tout seul**
car tu ne connais personne.
Ne t'inquiète pas, c'est la même
chose pour tout le monde !
Et c'est justement pour ça que
tu te fais très vite des copains.

En colonie, on prend les repas et on fait des activités ensemble. On a aussi du temps libre pour rêver. Avant de se coucher dans les dortoirs, c'est la **veillée** : une soirée où l'on peut jouer, chanter ou danser.

Tu te brosses les dents et ranges tes affaires tout seul. Même si un **animateur** est toujours là, tu es fier de te débrouiller.

Comment donner de tes nouvelles ?

Tu ne vois pas tes parents tous les jours, mais tu restes en contact avec eux. Tu leur envoies des cartes postales, ils te téléphonent et te voient en photo par Internet, sur le blog de la colo.

Fait-on toujours la **même chose** pendant les vacances ?

En vacances, tu as le temps de faire les activités que tu aimes et d'en découvrir de nouvelles. Quand tu voyages dans une ville inconnue, c'est l'occasion de goûter des spécialités et de visiter des monuments.

Pendant les vacances, Lukas a dormi chez Mathias pour la première fois. Il est couché sur un matelas à côté de son copain. Lukas a demandé aux parents de laisser une petite lumière allumée, car il a un peu peur dans une chambre **inconnue**.

Après une grande journée de ski, tu n'as plus qu'une envie : aller dormir, parce que tu as fait plein de **sport**. Cela détend ta tête, mais ton corps est fatigué.

Exceptionnellement, la famille de Sylvia va au **parc d'attractions**. Tout le monde doit payer à l'entrée, mais après, Sylvia peut profiter plusieurs fois de ses jeux préférés : les toboggans géants, les manèges et la maison hantée !

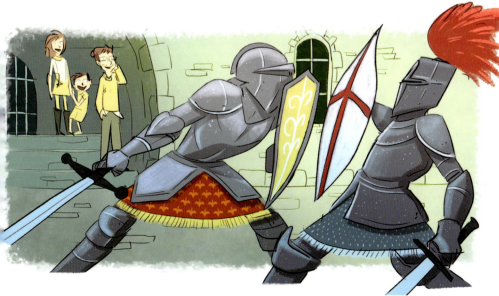

Tu veux rester à la piscine du camping, mais tes parents décident de faire du **tourisme** dans la région. Il en faut pour tous les goûts ! Visiter un château en t'imaginant chevalier ou princesse est peut-être plus sympa que ce que tu crois.

Y a-t-il des gens qui travaillent pendant les vacances ?

Si personne ne travaillait pendant les vacances, il n'y aurait pas de conducteur de train pour te faire voyager, ni de boulangerie ouverte pour acheter le pain. Toute l'année, des gens travaillent pendant que d'autres sont en congé.

La crêperie de Tony reste **ouverte** pendant les vacances, car c'est à cette période qu'elle accueille le plus de clients. En revanche, elle ferme au mois de novembre, c'est l'occasion pour Tony de partir à son tour.

La sœur de Sencha est **étudiante.** Elle profite de ses longues vacances d'été, sans cours à l'université, pour travailler comme serveuse à la crêperie. Elle apprend un métier et gagne un peu d'argent.

Même en vacances, on a toujours besoin du service des **médecins** de l'hôpital ou des pompiers. Ils prennent des vacances, mais jamais tous en même temps.

Le papa d'Ilio travaille durant l'été, car il est **maraîcher** et c'est précisément à cette saison qu'il doit récolter les légumes qu'il cultive. Une fois par semaine, il les vend au marché. Ilio l'aide un peu.

ÉPICERIE

CAFÉ

Que font les moniteurs de ski l'été ?

On peut être moniteur de ski seulement quand il y a de la neige, à peine la moitié de l'année. L'été, ils exercent un autre métier : guide de montagne ou moniteur de ski nautique, par exemple.

23

Comment part-on en vacances ?

En bateau, en train ou en vélo : de tous les transports, c'est surtout en voiture que nous partons en vacances. Direction : l'autoroute. Des voies payantes sans feux rouges où nous pouvons rouler plus vite.

En été, il y a du monde sur les routes car beaucoup de vacanciers partent aux mêmes périodes. Sur l'autoroute, les voitures attendent à la queue leu leu aux péages, ce qui crée de gros **embouteillages.**

Pour éviter les bouchons, la veille du départ, tes parents écoutent les recommandations de **Bison Futé** à la radio ou à la télé. Une sorte de « météo » des routes, qui indique à quelle heure partir pour être plus tranquille.

Avant le départ, Erika adore faire sa **valise** avec sa maman. Attention, la voiture n'est pas très grande, pas question d'emporter toutes ses affaires. Juste le nécessaire... et son doudou.

Pourquoi vomit-on dans les transports ❓

Quand tu es en voiture, ton cerveau reçoit des informations différentes : tes oreilles et tes yeux lui indiquent que tu bouges, mais ton corps, lui, reste immobile. Un peu désorienté, par réflexe, tu produis alors plus de salive, jusqu'à vomir.

À quoi sert un passeport ?

Le passeport est un petit carnet bordeaux qui indique ton identité. Il te permet d'entrer dans un pays étranger.

Sur ton passeport sont inscrits ton prénom, ton nom, ton adresse, la couleur de tes yeux et ta taille. Sur la même page figure ta photo d'**identité** prise au Photomaton.

Maïa, ses parents et son petit frère viennent d'atterrir au Mexique, où est né son papa. À l'aéroport, avant de rejoindre sa famille mexicaine, ils passent par le **poste-frontière** où des policiers contrôlent les passeports.

Pour la première fois, Clémentine prend l'**avion** toute seule. Une hôtesse lui apporte un goûter, un carnet de coloriage et des crayons. Elle la surveille jusqu'à ce que la petite fille retrouve sa tante à l'aéroport.

Sohann est en vacances au **Japon** avec ses parents. Tout est différent ! On mange de la soupe et du riz au petit déjeuner, des femmes s'habillent en kimono, et pour dire bonjour on dit : « Konichiwa ! »

Où dort-on quand on voyage ?

Lorsque tu pars en voyage avec ta famille, c'est toute une organisation : tes parents téléphonent à l'avance à l'hôtel ou au camping pour savoir s'il reste de la place, ils demandent les prix et donnent leur nom pour la réservation.

Pour les vacances de février, ta famille a **loué un appartement** près des pistes de ski enneigées. Tout est prêté, même l'aspirateur et les petites cuillères. À la fin du séjour, on nettoie tout l'appartement pour le laisser en bon état aux locataires suivants.

Au printemps, Louise part en **camping-car**. La table se replie pour se transformer en lit et le frigo est tout petit. Quand on roule, il est interdit d'aller dans la salle de bains : il faut garder sa ceinture de sécurité attachée.

L'été, en **camping**, tu dors sous une tente dans un sac de couchage. Pour nettoyer les bols du petit déjeuner, une bassine d'eau remplace le lave-vaisselle. Et la nuit, tu t'éclaires avec une lampe de poche.

On choisit un **hôtel** selon son nombre d'étoiles : plus il en a, plus il est chic. Celui où dort Nora a une piscine et un petit déjeuner buffet : elle a choisi des céréales et un pain au chocolat croustillant.

Mon chien part-il en vacances lui aussi ❓

En vacances, on peut emmener son animal ou bien le faire garder. Pourtant, 60 000 animaux sont abandonnés chaque été sur la route par des maîtres qui les trouvent alors encombrants.

Il existe des cartes qui montrent tous les hôtels et campings où les animaux sont les bienvenus, ainsi que les plages où ils ont le droit de gambader. Avec une **laisse**, bien sûr.

Si ton toutou voyage en Europe, il doit avoir une **puce électronique** derrière l'oreille et un passeport rempli par le vétérinaire. S'il est gros, il paie sa place dans l'avion ou le train ! À moitié prix, quand même...

Quand elle part, Sidonie confie Milou à une **pension pour chiens.** Parfois, ses parents paient le voisin étudiant pour être *dog-sitter* : il vient nourrir Milou et le promener plusieurs fois par jour.

Quand ils trouvent un animal abandonné, les conducteurs ou les services des autoroutes alertent la Société protectrice des animaux (**SPA**). Elle place les bêtes dans des refuges où elles seront nourries et soignées en attendant d'être adoptées.

Comment seraient les vacances si tu habitais ailleurs ❔

Selon le climat, les fêtes que l'on célèbre et les habitudes des habitants, les vacances ne sont pas les mêmes partout dans le monde.

Aux **États-Unis**, au mois d'octobre, tu retrouverais tes cousins chez mamie pour les fêtes de Thanksgiving. C'est l'occasion d'un grand repas de famille. Ce jour-là, on mange des patates douces, de la tarte à la citrouille et de la dinde et on fait des vœux en tirant sur les os de la volaille.

À Noël, en **Islande**, pas très loin du pôle Nord, tu verrais le soleil se lever vers midi et se coucher au goûter. Avant de partir en vacances, tu aurais décoré ta classe et apporté des biscuits et des sodas pour faire la fête à l'école.

Si tu habitais en **Afrique**, tu n'aurais peut-être pas de vacances, car tu n'aurais pas forcément la possibilité d'aller à l'école. C'est le cas d'un enfant sur deux dans certaines régions. Tu aiderais ta maman à la maison ou tu jouerais dans la rue.

En **Russie**, tes vacances d'été seraient presque deux fois plus longues qu'en France. Après les longues neiges de l'hiver, tu irais dans la *datcha* de ta famille : une maison de vacances très simple, mais avec un sauna !

Pourquoi fait-on plus de photos en vacances ?

Pour bien te rappeler les nombreux événements de ta vie, tu prends des photos et tu collectionnes des petits souvenirs. Comme ça, tu n'oublies pas ces bons moments.

Ninon montre ses photos de vacances à la neige à son oncle pour lui **raconter et partager** avec lui ses meilleurs souvenirs, comme la randonnée en raquettes ou les descentes en luge.

En plus des photos, Mila a rapporté des **souvenirs** de ses vacances à la campagne : une pierre brillante qu'elle a ramassée dans un ruisseau et des jolies plumes de pintade récupérées à la ferme voisine.

En regardant les photos, tu penses à tes **nouveaux copains** rencontrés sur le terrain de jeux du camping. Tu ne les reverras peut-être pas, mais tu t'es bien amusé avec eux l'été dernier.

Comment faire un journal de tes vacances ?

Sur un joli cahier, tu racontes chaque jour tout ce que tu as fait : la partie de badminton avec tes cousins, la course de limaces... et tu ajoutes des photos et des dessins.

35

Est-ce qu'en vacances, on oublie tout ce qu'on a appris ?

Loin de l'école, tu n'oublieras pas comment lire, ni faire des soustractions. Le repos permet même de mieux assimiler tes leçons. En vacances, tu continues à apprendre, sans t'en rendre compte.

Travailler la **géographie** en regardant une carte routière, observer les oiseaux, faire de l'histoire en visitant un château : avec les parents, tu apprends en t'amusant, sans penser à avoir une bonne note.

Les exercices des **cahiers de vacances** permettent de réviser tes leçons, comme de la gym de cerveau. Mais ils ne sont pas obligatoires et si tu ne les fais pas avec plaisir, ils ne servent pas à grand-chose.

À la **rentrée**, tu as l'impression d'avoir tout oublié, car les vacances ont changé le rythme de tes journées. Mais en retrouvant tes copains et tes habitudes à l'école et à la maison, tout revient vite ! Ne t'en fais pas.

Découvre les autres titres de la collection

 les châteaux forts

 la nuit

 les saisons

 la famille

 la ferme

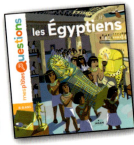 la danse

 boire et manger

 l'eau

 les Égyptiens

 la montagne

 les dents

 le football

 les riches et les pauvres

 les loups

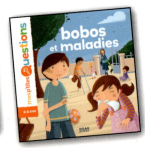 bobos et maladies

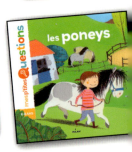 les poneys